写作原来好有趣

美丽的四季

MEILI
DE
SIJI

冬卷

丁立梅 著

作家出版社

图书在版编目（CIP）数据

写作原来好有趣：美丽的四季·冬卷 / 丁立梅著. -- 北京：作家出版社，2021.3（2024.2重印）
ISBN 978-7-5212-0626-5

Ⅰ. ①写… Ⅱ. ①丁… Ⅲ. ①散文集 – 中国 –当代 Ⅳ. ①I267

中国版本图书馆 CIP 数据核字（2019）第 142409 号

写作原来好有趣：美丽的四季·冬卷

作　　者：丁立梅
责任编辑：省登宇　周李立
装帧设计：琥珀视觉
出版发行：作家出版社有限公司
社　　址：北京农展馆南里10号　　邮　　编：100125
电话传真：86-10-65067186（发行中心及邮购部）
　　　　　86-10-65004079（总编室）
E-mail:zuojia@zuojia.net.cn
http://www.zuojiachubanshe.com
印　　刷：北京尚唐印刷包装有限公司
成品尺寸：180×210
字　　数：80千
印　　张：6.25
版　　次：2021年3月第1版
印　　次：2024年2月第2次印刷
ISBN　978-7-5212-0626-5
定　　价：29.80元

CONTENTS 目录

写在前面的话

一

每一个孩子从会说话起，其实就开始了他的创作。

这个时候的孩子，浑身充满着诗意的灵性。他如同春天新冒出芽的一棵小草，有着无与伦比的青嫩、清澈和清纯。

世界对于他来说，处处藏着神奇，清风明月、虫鸣鸟叫、花开草长、雨雪霜露，在他的眼里，都是初相见，哪一样不带着神奇的魔力？他睁着一双稚嫩的眼，靠近，靠近，再靠近，心里有着太多的为什么，哪怕一片草叶的摇动，也会让他兴趣盎然。

这个时候，天地就是一个魔性的城堡，推开一扇窗后，又出现一扇窗。推开一扇门后，又出现一扇门。那窗后门后藏着的，都是他未知的惊喜。他充满好奇，充满探究的欲望。认知世界，在他，就如同寻宝一般。

他的想象，开始蓬勃生长，小小脑袋里，挤满若干新鲜好玩的东西。他急于表达，从一个词开始，到一句完整的话，再到一口气能说上一小段的话——他在自己"创造"的语言里陶醉，乐而忘返，不知疲倦。

他不知道，他这是在"写作"，他在进行着一项有趣的，能够塑造他身心的事情。这段时期，倘使我们成人能够俯身向下，能够参与到他的世界中去，能够鼓舞他，赞赏他，不把他的童言稚语当幼稚，而是跟着他自由的性灵，天马行空地飞翔，惊喜着他的惊喜，好奇着他的好奇，适时地引领着他，向着事物的更深处漫游，呵护着他的那份天真，让一颗孩童的心，永远鲜艳地驻扎在他的身体里，那么，写作将会成为他最喜欢做的事，成为他的习惯和日常，就像呼吸一般。它是他亲密的伙伴，不可分离，到那时，他哪里还会惧怕它！纵使他长大后，不能成为一个诗人，一个作家，但他的眼睛和心灵会因日日有文字的浸润和相伴，而保持着洁净和纯粹，善良和美好，他的人生，会因此充满勃勃生机和无穷的趣味，灵魂因此而高贵，而闪闪发光。

写作，原是人生的一种修为。

二

孩子们为什么怕写作？那是因为他们不感兴趣。孩子们为什么对写作不感兴趣？那是因为写作不是出于他们本性和自由的需要，而是外界强迫的，是为了考试，是为了分数。倘若你问孩子们，为什么不喜欢写作呢？孩子们会异口同声告诉你：不——好——玩！

不好玩的事情，哪里能做得好！

写作若是会说话，它一定要大呼冤枉。它本是多么好玩的一件事，就像画画，就像唱歌，完全是出于内心的渴求，而不由自主发出的声音。文字，是在纸上行走的音符和声音。可是，它被谁给玩坏了，玩得面目可憎起来？让爱它的心，一点一点冷却、冷淡，最终冷漠。

我想到远古的先人们，在那样的蛮荒之中，心中的热爱，却旺盛似火。他们在旷野里劳作，在田间地头欢唱，唱眼中所见到的自然万物，唱心中的悲喜，唱出一部《诗经》来。"关关雎鸠，在河之洲。窈窕淑女，君子好逑"，多好啊，蓝天下，有绿洲，有小小的会唱歌的雎鸠鸟，还有美好的女儿家；"采采芣苢，薄言有之。采采芣苢，薄言有之。"还是在那蓝天下，在那旷野中，车前草绿成一片汪洋，采摘的手多么灵巧，采摘的动作多像跳舞，欢快的心随着那动作忽上忽下；"葛生蒙楚，蔹蔓于野。予美亡此，谁与独处"，葛藤和牡荆纠缠在一起，野葡萄藤爬满那些低矮的灌木，我心爱的人埋葬在这里，谁与之相伴相随？——旷野里，回响的都是那悲痛的长鸣。

这才是真正的写作，从自然中来，遵从生命的本性和自由，想快乐时就快乐，想悲伤时就悲伤，天地与之同欢同悲。

三

要让孩子真正热爱上写作，就必须让孩子回到他的本性和自由中去。

孩子的本性和自由在哪里？答案：在自然里。

我们人类是从自然中来，像世上万物一样，都是自然的一分子，有着天生的灵性。然而，走着走着，却脱离了自然，变得干涩，变得冷漠，变得麻木。

我在一个学校做讲座，讲座前，我问满场的孩子，我说知道从你们的校门口，到这个会场，都有些什么植物吗？有哪些植物眼下正开着花？

我充满期待地等着，遗憾的是，没有一个孩子能答得出来。他们日日生活的校园，日日走过的路旁，植物在蓬勃地长，他们不知道。花在沸沸地开，他们不知道。他们不知道茶花开着碗口大的花。不知道石楠捧着一串串红果子。不知道紫薇的叶子变红了，比花朵更漂亮。不知道银杏金黄的叶子，像金子雕的。他们不识李树、海棠和夹竹桃，甚至，闻不到那么浓烈的桂花香。更不用说，草地上的小蓟、婆婆纳、车前草和苦荬菜了，那些活泼的小灿烂，他们视而不见着。

当一个孩子对所处环境已熟视无睹漠不关心，我不知道这个孩子心中还有多少欢喜和热爱。当一个孩子心中缺少热爱，这个孩子又哪来的柔软和善良？当一个孩子没有了柔软和善良，他笔下的文字，又哪里会有生命的温度和温情？

我们常常强调要让孩子多读书，让他的灵魂高贵起来，我们恰恰忽略了，让孩子多多阅读大自然这本大书。

请让孩子回到自然中去，在自然的一花一草的浸润中，在行走与探索中，唤起他热爱生命的本能，找回他的本性和自由，让他自觉不自觉地用文字欢呼，让写作成为他的日常，使他最终也成为这世界美好的一分子。

序 美丽的四季

我爱春天。

春天的模样，是儿童的模样。一切都是簇新的、青嫩的、亮堂的。

它是调皮的一个小男生，喜欢跟你捉迷藏。

它也许躲在一棵小草的嫩芽里，吹着它绿绿的小气泡，小草就一点一点探出了头。

它也许躲在一块泥土的下面，那里，一只虫子还在睡懒觉。春天伸手搔它的痒痒，在它耳边大声唤："哦，快起床，我，最伟大最了不起的春天，来啦！"虫子惊得一跃而起。

　　它也许躲在一朵花苞苞里，把里面那些红颜色白颜色黄颜色尽情地往外掏。它掏呀掏呀，手脚并用。很快，它的脸变成大花脸了，手也变成大花手了，身子呢，也被染成大花身了。于是，桃花开了，梨花开了，菜花开了，全世界的花都开了。

　　它还有可能躲在一块冰层中，用它胖乎乎的暖暖的小手，去抚那冰冷的冰，冰渐渐地软了身子。是河里的小鱼最先发现的，哦，冰消融了，春水荡漾起来了。小鱼在水里面跳起了舞。

　　它还有可能藏在一缕风里面，柔软的呼吸，让风也变得柔软。小雀儿抖抖它的小身子，闻闻香喷喷的风，不相信地扑扑翅膀。春天偷偷吻了吻它的脸，哦，多温柔啊。就像妈妈的吻。小雀儿知道是谁来了，开心地欢唱起来，春天来了，春天来了！

　　花满窗，绿满阶，这是春天的杰作。它提着一支画笔，不动声色地，就把一个世界涂满了鲜艳的颜色。

　　这个时候，宝贝，你不要坐在家里，请走出家门，跟着一缕春风走吧，跟着一朵暖阳走吧，跟着一只蜜蜂走吧，去寻找最美的春天。

我爱夏天。

夏天的模样，是少年的模样，清秀、清灵，又热情似火。它爱耍酷，喜欢着一身绿衣衫，深深浅浅的绿，把人的眼睛，都给染绿了。

它是个爱好鼓捣乐器的少年。绿影幢幢，鸟鸣清脆，一个世界，仿佛都被它安上了乐器。

蟋蟀们在草丛中吹哨子。

纺织娘在弹拨六弦琴。

知了拉呀拉呀，拉的是手风琴。知了还擅长吹长号，鼓着腮帮子吹。

青蛙使的乐器一定是架子鼓，它们总是在雨后开音乐会。

荷花的香气，乘着风一阵阵袭来。雨后的蜻蜓，立在一朵荷花上。

瓜果累累。冰镇的西瓜，咬一口，一直凉到心窝窝。

跟着乌云来的是一场雨。在雨中奔跑的少年，眉宇间都是欢畅。风被雨洗得凉爽极了，天空被雨洗得干净极了。蓝天真蓝，白云朵真白，彩虹挂在天边。

最可爱的是夏天的夜晚，星星们密密匝匝，如小蝌蚪浮游在天上。这个时候，宝贝，你不要窝在空调间里，出门去吧。到一座桥上去等风，看月亮跑到水里面，看星星们在水里面变成小鱼在游。听听草丛里虫子们的欢唱，露珠儿滴落在草叶上。如果运气够好的话，还能逢着一片小树林，会遇到提着灯笼去赴约会的萤火虫。

我爱秋天。

秋天的模样，是小公主的模样，俏皮、华丽，丰衣足食。

它有着一双巧手，开着一家染料坊。它热情地给路过门前的客人们染色，柿子染成红的，红透了。枣子也染成红的，红透了。水稻染成金黄的，黄灿灿的。枫叶染成红的，红得似火。棉花染成白的，白得胜雪。银杏叶染成黄的，像黄花朵。层林渐染，江山华贵，你眼中所见的，无一不是斑斓的、绚烂的。

风呼啦啦吹过，树叶儿落满地，像滚了一地的碎金子。

真是富有啊。

秋天当然是富有的，掏一把出来是"金子"，再掏一把出来，还是"金子"。

倘若你走过它的门前，会被它捉住，给染成一个金灿灿的人呢。

这个时候的天空，高远明净。晚上的月亮又胖又圆，像硕大的白莲花开在天上。

到处都浸泡着桂花香，厚而黏稠。走在秋天的天空下，你随便伸手一戳，都能戳上一指的香甜。

亲爱的宝贝，别在屋子里待着，出门去吧，去染上一身秋色，再捡上几枚漂亮的叶子，把秋天最美的礼物，收藏在记忆里。

我爱冬天。

冬天是一个小王子，它喜欢着一身素装，白巾束额，有点高傲，有点清冷。

可是，它的面庞多么干净，它的灵魂多么晶莹剔透。

它擅长舞剑，剑术一流。风萧萧中，树枝摇摆，犹如万剑齐舞。

它偏爱空旷和安静。这个时候，天也是高的，地也是广的，雨点落下来，会凝结成冰。这是小王子送给这个世界的珍宝。

去摸摸冰块吧。再结实的冰块，也抵挡不住我们手心里的温暖，它会一点一点融化，滋润我们的日子。

夜晚，天上的星星不多，却亮得很。像点着的烛火。月亮有时像鱼丸子，浮在一锅清汤似的云朵中。在寂静里仰头看着，看着，会有种清香和安宁。天上正举行盛宴吧，这"鱼丸子"最终会被谁吃下去？

哦，哪里来的甜香，像揭开了一锅蜂糖糕？嘘，别说话，听，谁扛着香而来？

哦，是冬天这个小王子。他的肩上，正扛着一棵开满花的树。

是蜡梅。

楼下的蜡梅开了。

雪快下了吧。雪人快来敲门了。

等雪，是多么美好的一件事。

宝贝，就让我和你一起等着吧。

1 冬天的天空

　　我八岁那年秋天，生了一场大病，在床上一躺数日，等能起床了，一个冬天，已经降临。

　　那是一个午后，家里人不知去了哪里。我因躺久了，身体发软得厉害，只能扶着墙，慢慢挪到家门口。

　　家里新诞生的小羊跑过来，好奇地盯着我看了又看。我也盯着它看了又看。我们都是第一回见。

　　小羊蹦蹦跳跳跑开去。我的目光跟着它走，我惊讶地发现，外面我曾熟悉的一切，全都变了模样。我与它们，仿佛阔别了许多年。

天空寂寂的，像一潭清水般地铺展着。大地矮矮的，看上去好是奇怪，似乎谁给清洗了一遍，通体上下都是透亮的、灰白的。人家屋顶上褪色的茅草，也泛出灰白的色泽，像穿旧的一件棉袄。人声鸟声，皆在那灰白中隐隐跳跃，不像真的。

　　屋门前的枣树，都掉光叶了，根本想象不出，它曾顶着一头细粉的花，扛着一身累累的果实。它裸露的枝条，斑驳在高而白的天空下，静穆得好似一幅水墨画。没有下雪，然一个世界看过去，都是白的，白得晃眼。

蹲在墙头上打盹的老猫身上，亦敷着一层白，那老猫看上去，仿佛睡在亘古洪荒里。

多年后，我忆起那样的场景，还是觉得诧异，天空的色彩，怎么会那么白呢？好像铺着一张白纸，静静等着谁在上面画画。

一到十二月，天空就变得高远起来，又明净，又敞亮。

我坐在窗前看书，偶尔抬头看看天。有时，会看到几朵云从窗前溜过。像鱼一样的。像蜻蜓一样的。像白鸽一样的。还有的云，像泡芙一样的，可直接掏一块来吃。阳光缓慢地走着，蹑手蹑脚。

有时，只看到一角天悬着，上面不着一物，像块洗净的旧手帕。风不吹，树枝儿不摇，一切都是安静的。忽然，一粒一粒的雪粉，静悄悄地从天上撒落下来。一个世界立时欢声雷动，啊，下雪了。

这样的惊喜，总要叫人激动上好一阵子，寒冷清寂的冬天，因此有了温度和温情。

◆ 同步诗词

颂古二首其一

（宋）释昙莹

溪山尽处夕阳斜，溪上冬风雪满沙。

便是江南旧行路，和烟隔水见梅华。

◆ 同步生字

tán	gèn	xuán
潭	亘	悬

◆ 同步词语

jiàng lín	dàn shēng	jìng mù
降 临	诞 生	静 穆

gèn gǔ	niè shǒu niè jiǎo
亘 古	蹑 手 蹑 脚

◆ 文字游戏

1.仿写句子

（1）天空寂寂的，像一汪清水般地铺展着。大地矮矮的，看上去好是奇怪，似乎被谁给清洗了一遍，通体上下都是透亮的、灰白的。

_____

_____

（2）多年后，我忆起那个场景，还是觉得诧异，天空的色彩，怎么会那么白呢？好像铺着一张白纸，静静等着谁在上面画画。

_____

_____

（3）还有的云，像泡芙一样的，可直接掏一块来吃。

_____

_____

2. 短文练习

　　冬天的天空，虽说有时看上去是寂寥的、单调的，可是，它干净，辽阔，删繁就简。就像我们某个时候的心灵，要适当清空，才能放下更好的东西。

　　冬天的天空给你什么样的感觉？写下这种感觉。嗯，可以把"辽阔""干净"这些词语放进去。

◆涂涂画画

倘若冬天的天空上，真的铺着一张白纸，你最想在上面画什么呢？画下来吧。

② 冬天的阳光

冬天的太阳，是佛教里的弥勒佛。

云层也薄，云朵轻得好像没有一钱重。天空是用吸尘器吸过了吧，干净得没有一丝尘屑。也没有风，也没有别的什么阻挡，阳光不摇，不晃，就那么直逼逼地，一桶一桶地倒下来。厚棱棱的，似乎可以当牛奶舀着喝。

在这样的阳光下，人容易恍惚。几十年的光阴，被这一桶一桶的阳光，腌制成了蜜饯。即便当年困苦艰难，然终究是过来了。过来了，是蚌育珍珠，所有的经历，是为了这一朝重见天日，便都值得感恩了。回忆是酒，容易醉人。

那时的冬天，都有这样的暖阳。田地辛劳了一年，也歇着了。农人们得闲了，三五成群的，偎着谁家的草垛子，孵太阳。女人们纳鞋底，男人们抽水烟，孩子们钻草垛子。阳光乱飞，像棉絮儿，白花花的。人在说话，也听不清说什么，只觉得有阳光，在人的牙齿上开了花。笑声一浪一浪的。笑声里，有阳光扑簌簌往下掉。

就这么孵着太阳，大人小孩，都孵得浑身冒油了，也就到饭时了。饭时，家家喝稀饭，上面堆一小撮咸菜。脚都不由自主往外走，碗都捧到草垛子跟前来了。还是那样的一群人，有时还会额外增加一两个，大家热乎乎挤在一起，就着阳光下饭。

阳光是可以当下饭菜的。太醇厚了，油汪汪的。

我在冬天醇厚的阳光下，回忆起这些的时候，觉得那段光阴，真如神赐般的。我的村庄，已不复有草垛子和那些人了。

我不敢浪费眼下的好阳光，我晒花晒被子，也兼着晒我。

阳光下的蟹爪兰和风信子，开得不要不要的，整个花盆都被花朵包围了。

我想到"心花怒放"这个词。花才最有资格心花怒放呢。

当然，有冬阳暖着的人也是。

那日，我正收拾书桌，突然看到一朵阳光，爬到我的书上。一朵小花似的，喜眉喜眼地开着。又像一只小白猫，蹑手蹑脚着。

我晃晃书页，它便轻轻动了动，一歪头，跳到桌旁的一盆水仙上。在水仙的脸上，调皮地抹上一层薄粉。后来，它跳到窗台上。跳到门前的一棵树上。树光秃秃的，冬天还没真正过去，这朵阳光却不介意，它在赤条条的树枝上蹦蹦跳跳。它知道，用不了多久，那里会重新长出叶来。那时，春天也就来了。

我的脚步不由自主地跟过去，我要跟着一朵阳光走。

阳光跑到屋旁的一堆碎砖上。碎砖是一户人家装修房子留下来的，被大家当作了晒台。有时上面晾着拖把。有时上面晒着鞋子。隔壁的陈奶奶把洗净的雪里蕻，晾在上面，说是要腌咸菜。她半是骄傲半是幸福地说，她在省城里的儿媳妇，特别爱吃她腌的咸菜。

阳光在砖堆上留下了它的热、它的暖。它又跳到一小片菜地上。小菜地瘦瘦长长的，挨着一条小径。原先是块荒地，里面胡乱长些杂草，夏天蚊虫多，走过的人都速速走开，漠然着。后来，不知谁把它整出来，这个在里面栽点葱，那个在里面种点菜。还有人在里面栽了一株海棠。阳光晴好的天，海棠花凌凌地开了，一朵一朵，红宝石似的，望过去特别漂亮。大家有事没事，爱凑到这儿，看看葱，看看菜，赏赏花，彼此说些闲话。

谁也不曾留意，阳光已悄悄地，跳到了人的心里面。

现在，这朵阳光继续着它的行程。它走到一片绿化带上。绿化带上有树、有草，也有花。草枯了，花谢了，然不要紧的，它会唤醒它们。我似乎听到它的耳语：生命还会重来，美好就在前面等着。

一只小鸟，在路边的草地里跳跃。它的嘴巴尖尖的、长长的，一身斑斓的毛。奇的是，它的头上，长了两只小小的角。我不识这是什么鸟，这无关它的欢喜安乐。它的头，灵活地东转西转、东张西望，仿佛初来乍到，对周遭的一切好奇极了。

一朵阳光，跳到小鸟的脚边。小鸟一定以为那是一颗糖果，它低下头去啄食，一上一下，一上一下，怎么啄也啄不完。天空高远，草地温暖。

　　冬天的阳光，是长了小绒毛的，松软得很。想象着吃上一口，该是绵软香甜的吧，像挖着一勺奶油。

　　它落在人家的屋顶上，那琉璃瓦上就像覆盖上了一层糖霜，莹莹地发着光。

　　在这样的阳光下走着，我的心，也像长了一些小绒毛，柔软得很了。空气中，噗噗噗的，跳跃着一种喜悦。人家的被子，晒得满院子都是。没院子的，就晒在门前檐下。阳光在那些棉被上跳着舞。这是尘世，阳光在，我在，你在，多么好。

　　天气不错，太阳暖融融的，一切的物体，都是剔透似的，发出莹莹的光。

　　楼后一妇人在阳台上，一边拍打着被子上的阳光，一边望着太阳发呆。我去厨房倒一杯水时，一抬头，看到她，我笑了。她看不见我的笑，她依然在对着太阳发呆。

　　这样的阳光，原是让人发呆的。它是静止的，又是游动的。它是透明的，又是醇厚的。它让你的心，实在说不出更好的赞美来，只能一遍一遍说，多好的太阳，多好的太阳啊。

一月到头了，二月该来了，春的声音，仿佛已经听到，那些绿绿的声音，那些绒毛似的声音。

我在这样的时光里，长时间发呆，不发一言。语言，有时是多余的。

又是一个响晴的天。

窗外，大把大把的阳光飞溅，仿佛有无数的羽毛在飞。楼下走着的每个人身上，也都长出了阳光的羽毛，我在阳台上看着看着，就笑起来。这样的天，好似人人都有了腾云驾雾的本领，脚步轻盈，似乎只要风稍稍地一吹，就能飞上天的。

我把家里能晒的东西，统统捧到太阳底下去晒。我的花被子，我的书本，我的花草，它们的身上，很快也长出了阳光的羽毛。不知它们会不会趁我一不留意，就跟着阳光去私奔。

阳光在高处，像一群小鸟飞扑下来，落在七楼的阳台上，觅食一般的。阳台上有什么可觅呢？我和几个孩子，正在阳台上嬉戏。八九岁的小人儿，青嫩的肌肤，散发出茉莉花般的清甜味。我看到

阳光爬上孩子们的脸蛋，爬上孩子们的眉睫，爬到孩子们乌黑的头发上。孩子们向日葵一样的，朵朵饱满。阳光要觅的，可是这人世间最初的味道？清新的，纯粹的，纤尘未染。

　　仿佛听到阳光的声音，是一群闹嚷嚷的小雀，挤着拥着，要往屋子里钻。也真的钻进来了，从敞开的大门外，从半开的窗户间。装空调的墙壁上，留有绿豆大的缝隙，那里面也填满了阳光。屋子靠窗的桌子上，茶几上摊开的一本书上，一角的地板上，也都有了它活泼的身影。阳光的影子有些像小鱼，尾巴灵活。或者说，阳光就是天空中游动的鱼。

孩子们在阳光下欢闹，孩子们说："老师，我们在泡阳光澡呢。"我一怔，多么形象！阳光被他们扑腾得四处飞溅，像搅动了一盆的水。这"水"顺着阳台，一路淌下去，淌下去，淌到楼下人家的花被子上，淌到行人的身上。

孩子们伸出手，作势地左抓一把，右抓一把，仿佛就把阳光给逮住了。他们嗅着握紧的拳头，告诉我："老师，阳光是有味道的。"我微笑起来，问他们："什么味道呢?"孩子们争相答，一个说："是巧克力的味道。"一个说："是橘子的味道。"一个说："是菊花茶的味道。"一个说："是爆米花的味道。"一个说："是牛奶的味道。"

是的是的，小可爱们，阳光是有味道的，那是童心的味道，是这个世界最本真的味道。

太阳的天，总叫人无端欢喜，心是敞亮着的，想跟着一朵阳光走。

一朵，花朵般的一朵。我看它伏在我的膝盖上，像只小白鸽。

我站起来，它便跳到一旁我的吊兰上，跳到我的玫瑰莲上，跳到我的仙人球上。仙人球举着那么多的刺，它也不怕被刺着了。

这世上谁最强大？答案：阳光！

小时候爱跟太阳玩。拿了收藏的玻璃瓶底，或是一面小圆镜子，对着太阳晃，就会逗引得一朵阳光来。几个孩子比赛着，让你的阳光和我的阳光赛跑。我的跳到房顶上去了，他的跳到窗台上、粮囤子上了，而她的则钻到桌底下去了。最爱的，还是对着彼此的脸上晃，看一朵阳光在对方的小脸蛋上，像只亮晶晶的大虫子，跳着、蹦着。跳进眼睛里，眼睛就得眯起来。那光亮太强了！

这么回忆着，真叫人的心柔软。我搁下在做的事，找到一面小镜子，像小时一样，对着太阳晃。一朵阳光很快跑过来，它随着我手的晃动，灵巧地扑腾着、跳动着，像只白蝶。它跳到我屋内的一些器物上、书上，器物和书上，顿时镶上了一颗亮闪闪的"钻石"。

楼下小孩子的笑声，飘上来，如鸟雀之音。每一粒笑声里，也都噙着一朵阳光。

大片的阳光，仿若一粒粒钻石，镶在窗帘上，光彩夺目。我对着那些"钻石"笑，我的眼睛里，就蓄着很多的钻石了。它们掉在我的眼睛里，一定像小鱼掉在水里面。水里有鱼，水是富有的。我的眼睛里有阳光，我是富有的。

照例捧了被子出去晒。

我在阳光下展开被子，我的被子上，就落满阳光。只听得见哪里"嘭"的一下，开了花。那一定是阳光的花朵。我的心，也跟着幸福地开着花。

多年前，我在一个小区租房住。那里，一溜的老式平房，墙上涂刷的白石灰，已斑驳成印象画了，很有些年岁的样子。平房前有高楼挡着，冬天的阳光，总是见缝插针地，从高楼的缝隙里，漏下一点两点来。我看到几个老妇人，捧了被子，追着阳光走。阳光走到哪里，她们就把被子晾到哪里。她们笑着说："赶太阳呢。"脸上是一派的平和和安详。

赶太阳，多好的一个词！这个词，让我记了很多年。每当我觉得寒冷的时候，觉得灰心失望的时候，我就把这个词掏出来，暖一暖。人生不是被动地接受，更是主动地追求，才能获得你所要的温度。

我也愿意，做一个赶太阳的人，不浪费生命中的每一寸阳光。

◆ **同步诗词**

自在（节选）

（唐）白居易

杲杲冬日光，明暖真可爱。

移榻向阳坐，拥裘仍解带。

◆同步生字

xiè	yǎo	jiàn	fū	yān
屑	舀	钱	孵	腌

◆同步词语

chún hòu	bān lán	zhōu zāo	pū tēng
醇 厚	斑 斓	周 遭	扑 腾

◆文字游戏

1. 仿写句子

（1）阳光不摇，不晃，就那么直逼逼地，一桶一桶地倒下来。厚棱棱的，似乎可以当牛奶舀着喝。

_____

_____

_____

（2）那日，我正收拾书桌，突然看到一朵阳光，爬到我的书上。一朵小花似的，喜眉喜眼地开着。又像一只小白猫，蹑手蹑脚着。

_____

_____

（3）一朵阳光，跳到小鸟的脚边。小鸟一定以为那是一颗糖果，它低下头去啄食，一上一下，一上一下，怎么啄也啄不完。

_____

_____

（4）阳光在高处，像一群小鸟飞扑下来，落在七楼的阳台上，觅食一般的。

_____

_____

（5）阳光的影子有些像小鱼，尾巴灵活。或者说，阳光就是天空中游动的鱼。

_____

_____

（6）一朵阳光很快跑过来，它随着我手的晃动，灵巧地扑腾着、跳动着，像只白蝶。

_____

_____

（7）楼下小孩子的笑声，飘上来，如鸟雀之音。每一粒笑声里，也都噙着一朵阳光。

_____

_____

2. 短文练习

（1）梅子老师毫不吝啬地把太多的赞美送给了冬天的阳光，那是因为，寒冷里的温暖，更叫人感恩、留恋和珍惜。

不论富有与贫穷，不论高贵与卑微，阳光善待着每一个生命，那是光，是希望，是拥抱，是慰藉。

或许，你也曾遇见过一只流浪猫，舒服地在一个台阶上睡觉，阳光笼罩在它身上，像给它穿上了一件棉袍子。那一刻，寒冷远离了它，孤独远离了它，它被阳光抱在怀里。

你爱冬天的阳光吗？你有过怎样的遇见？它在你的眼里，像什么？它又是有味道的，你觉得冬天的阳光，散发出怎样的味道呢？

（2）梅子老师以为，冬天最惬意的事，莫过于晒太阳了。白花花的阳光落下来，像开着千朵万朵的花，晒得人身上能淌出油来。你晒过这样的太阳吗？你捕捉过这样的"花朵"吗？

写出你的欢喜。

◆涂涂画画

晒着太阳的花被子、棉拖鞋，和小猫咪。跳着走路的小雀，长着羽毛的阳光……画下这样的冬日景象。

③ 冬天的清晨

六点零五分的冬日清晨，世界还是安静的。

东边天已印着缕缕绯红，让我想到雏鸡拱破蛋壳时的情景：薄薄的蛋壳上，印着丝丝血红，雏鸡的小脑袋，隐约在里面，一拱一拱的。这时候的天空，真像孵着一群小鸡。

我在等一声呼唤，老酵馒头，老酵馒头！声音短促，像谁的手，不经意碰触到小提琴的琴弦，"嘭嘭"两下。从声音判断，这是个五十岁上下的男人，该有着清瘦的一张脸，眼睛不大，够亮，笑容清淡，皮肤黝黑。我应该在哪里见过他，在街的拐角处，常有一辆卖馒头的小拖车，停在那里，在四五点的黄昏。也伴着这样的短促的叫卖声。

这个时间段，这个声音总会如期响起，寒暑不论，风雨无阻。它在我，如晨曲，每日必听，给我穿云破雾穿雪凿冰的感觉。它带着蒸腾的活生生的气息，带着麦子的梦想、肠胃的渴盼、生存的欲望、付出的辛劳……总之，我在这首"晨曲"中，很有些百转千回了。它响起后，我所在的小城的清晨，才算是真正醒了过来。

为看流星雨，我凌晨两点就起床了，裹着厚厚的棉衣，伏在阳台上，静等。

结果，没等来预告中的流星雨，却等来另一场壮观。

那时，快接近清晨五点了，天上的星星，像灯盏似的，一盏一盏，次第熄了。大地有一刹那，陷入无边的黑漆漆的死寂之中。之后，东边天的门扉，突然洞开，云霞一个一个浓妆艳抹地走出来，它们身上佩戴的翡翠珍宝，闪闪发光。它们飞快地跑向四面八方去，天空中布满了它们的影子，华衣美服，绚丽斑斓。

随后，太阳，这伟大的君主，它终于来了。只见它头戴红灿灿的王冠，身披红灿灿的披风，在云霞们的簇拥下，气宇轩昂，缓缓走向天庭的台阶——那由云锦铺成的台阶。一时间，天地间锣鼓齐鸣，仙乐阵阵，万物都发生着美妙的变化，浑身上下像罩上了七彩光。

早晨的天空真干净。

一棵合欢树细细的枝条，配了稀松的叶子，在晨光里的剪影，惹得我看了又看。世间万物所呈现之美，有时真叫人吃惊，那种简约澄澈，疏朗有致，恰到好处，纵有丹青难绘制。每每这时，我能做的，也只是毫不客气地笑纳，在人生的行囊里，添上这一份美。

太阳出来了，又是一个响晴的天。我又想到野地里去走走了，我想去看看树上的叶，落光了没有，我希望还能逢上最后几片，或红或黄，它们都往艳里头艳了去。人衰老的样子不好看，叶子恰恰相反，越老越风华绝代。

当一夜好睡，清晨，打开门，有凉意猛扑过来。抬眼，看见人家的瓦片上，轻着着一层新霜。像黑夜遗留下来的一个洁白的梦。整个世界，都洁净得叫人欢喜。我脑子里立即跳出的念头是，赶紧去菜市场买青菜去。霜后的青菜，吸足了霜的精神魂儿，又肥又嫩，有着醉人的甜香，真正是吃了打嘴不丢。我想着要清炒着吃，或烧了豆腐吃，或做青菜饼子吃。

我想到从前，那些有霜的月夜。我和小伙伴们赶远路去看晒场电影，奔跑在月下的田埂上。霜敷在地上，像月亮的雪白的肌肤，又像一层甜蜜的白糖。有阴影半遮的地方，又像圆圆的硬币，或一方帕子。总逗引得我们中有孩子，弯腰去摸——以为地上真的敷着白糖，或掉着一枚硬币什么的。也只有孩子的心，才有着霜般的单纯和洁净吧，相信所有，从不怀疑。

晨霜落在草叶上，最是分明。黄枯的草叶，经晨霜的涂抹，像在面包上涂了一层糖粉，叫人生出吃的欲望。路边的绿化带中，站着几朵枯萎的月季，裹着一层霜，就更容易叫人想到吃的了，像炸京果子，和糖渍山楂。

我奶奶在冬天清晨，去地里挑青菜，给我们下青菜面条吃。当她袭着一身霜气入屋，搓着冻僵的双手，笑着说，外面霜水滴滴霜水滴滴呵。我就会莫名兴奋，总要在她那个"滴滴"里打转，做无限空想，想得舌尖上生津。我奶奶故去十多年了，想她的坟头上，此刻，也被洁白的霜覆着吧。在那一边的世界里，她会不会也爱早起，下一碗青菜面条呢？

"一夜新霜著瓦轻"，我轻念着这句诗，抬头去看人家的屋顶，在那细瓦之上，有夜霜明亮如雪。想从前，也是这样晨霜耿耿的清晨吧，诗人早起，推窗，陡见人家的屋顶上，轻覆着一层霜。他惊且喜着，继而想到檐下的菊花，沾着霜开，是何等飒爽英姿。他忍不住磨墨铺纸，写下了"耐寒唯有东篱菊，金粟初开晓更清"这样的诗句来。

　　今人不见古时霜，今霜曾经映古人呢。想我之后，这晨霜又会映着更多后来的人，它依然会与洁净、无忧、甜蜜、朝气、花朵相连着。这么想着，很感动了。

　　早起，在濠河边漫步。来过南通多次，这是我第一次深入它的内里，和它的皮肤一起呼吸。

　　西边天印着一枚月亮，在房屋的上头，在一簇竹子的上头，是

黑夜临走时留的一个记号。而东边天，太阳已蓄势待发，如一粒弹丸似的。

沿着水走。看水中倒影，房屋、亭台、树木、花草，都清晰安宁得叫人发愣。水中一个世界，是那般怡然。早起的鹅，穿行于那些树木花草的倒影中，悠悠然游着。像白鸟飞过林间，惊起一圈圈涟漪。水面的波纹，是风细细的手掌。

有人在垂钓。我站旁边观望小半天，也没见他钓着什么上来。他不急，就那么持着鱼竿，等着。有时的垂钓，钓的是一份心境。水波在轻柔地驿动，晨光多美好！

有人对着一河的水，在练嗓子。嗓音高亢，水波起舞。

有人绕河小跑。有人在河边凉亭里吹笛，吹的是一曲《春光美》。冬天来了，春天还会远吗？——心里有春天，便日日是春天。

太阳也就冉冉升起来了。我从没觉得"冉冉"这个词有什么好，这会儿，我才体会到它的妙处。那真是缓慢而别开生面的一场分娩，红彤彤的太阳，一点一点蹦出来，似乎是从水里面蹦出来的，湿漉漉的，胖而圆。旁边的云霞，起初像件毛毯子似的裹着它，渐渐地，那毯子松开来，人家自己会跑会跳了。

它从濠河的那岸升起来，俯瞰众生。一座桥，桥上的行人、车辆，河岸边的房屋、树木，都成了它的剪影，像在上演着一出皮影戏。我很俗地轻叹一声，美啊！扭头去望西边天的月亮，月亮已不知于何时，悄悄隐退了。大地的声音渐渐喧腾起来，一座城，醒了。

◆ **同步诗词**

咏菊

（唐）白居易

一夜新霜著瓦轻，芭蕉新折败荷倾。

耐寒唯有东篱菊，金粟初开晓更清。

关山月

（唐）储光羲

一雁过连营，繁霜覆古城。

胡笳在何处，半夜起边声。

◆同步生字

náng	fū	fù
囊	敷	覆

◆同步词语

nóng	zhuāng	yàn	mǒ	cù	yōng	chéng	chè
浓	妆	艳	抹	簇	拥	澄	澈

shū	lǎng		xíng	náng		lián	yī
疏	朗		行	囊		涟	漪

◆文字游戏

1. 仿写句子

（1）东边天已印着缕缕绯红，让我想到雏鸡拱破蛋壳时的情景：薄薄的蛋壳上，印着丝丝血红，雏鸡的小脑袋，隐约在里面，一拱一拱的。这时候的天空，真像孵着一群小鸡。

（2）黄枯的草叶，经晨霜的涂抹，像在面包上涂了一层糖粉，叫人生出吃的欲望。

（3）红彤彤的太阳，一点一点蹦出来，似乎是从水里面蹦出来的，湿漉漉的，胖而圆。

2．短文练习

冬天的清晨，我们总是怕出门，外面好冷。可是当你真的走出门去，却也慢慢体会到清晨的洁净和好。夜露，或是霜，或是冰，都呈现出洁净的样子。天空是干净的，大地是干净的，如果逢着出太阳，那真是再好不过了。倘若不急着赶路，那么，你就多看两眼吧，看太阳是怎样从城市的后头，树林的后头，河流的那岸，慢慢爬上来的，是怎样把一个天地抱在它的怀里的。

　　写下这样的一场遇见。

◆ 涂涂画画

红红的朝阳，是早起的喜鹊衔在嘴边的一颗红果，是早起的鹅从水里捞起的一颗红宝石。

展开你的想象，画出一个童话般的冬日清晨。

④ 冬天的黄昏

　　我把每个晴和的黄昏，都当作是上天的恩赐。

　　这样的黄昏，有奇妙无比的云彩，像一群舞姿优美的女孩子，随意一个动作，都叫人着迷。艳红的夕阳，欢快的鸟鸣，还有那些随风轻摆的茅花，这一切，与冬日的黄昏多么般配。

　　我又追着一个滚圆的落日走。

　　它永远比我走得快。它很快走过一棵树，又走过一棵树。越过一片水，又一片水。它在洁白的茅花上，洒下点点金粉。我忍不住伸手去摸，我的手指，似也沾上金粉了。

　　然后，我惊呆在一个湖边。我看到夕阳的卵，密匝匝地砸下来，像下着一场密集的橘红色的雨，雨点儿一路砸向湖里去，湖水瞬间被染得通红。哦，天，夕阳把卵产在了湖里！会孵化出小鱼还是小虾呢？那些螺蛳，也是它的卵孵化出来的吗？甚至那些水草，来年夏天的那些荷和莲花，都是吗？

万物原都是太阳的孩子。

冬天的夕阳，是个急匆匆归家的孩子，他因贪玩，误了回家的时辰，猛然间一个警醒，他想起与父母的约定，心里面叫声，糟了！天已快擦黑了，真急人呀，归家还有好几里路呢，搞不定这次要挨骂。

他撒腿就跑，爬坡越岭，涉水过河，一路狂奔回家，跑得满脸通红。你这边才讶异地一抬头，呀，多好看的夕阳啊。他那边已转过一个山头去，猩红的衣衫的影子一闪，夜幕已如潮水一般地，没了过来。天也便黑了。

夕阳向着天边跑去，他急着要去成亲。

西边天的洞房已布置好了，大红的"喜"字贴起来，大红的对联挂起来，大红的灯笼悬起来，大红的地毯铺开来。锣鼓声"嘭嘭嘭"的，宾客满堂，彩衣缤纷。我眼见着这傍晚的"新娘"，她红着脸庞，羞答答地入了洞房。夜的帷幕，缓缓地拉下，宾客们这才渐渐散去，天空安静下来，良辰留给新人。

绸缪束薪，三星在天。今夕何夕，见此良人。子兮子兮，如此良人何！

我想到《诗经》里的那场婚礼了。

遇见夕阳，像一只吹足了气的大红气球。我待在湖边，从芦苇丛中看它，我以为它会飘落下来。它当然没有，只留给湖水一道靓丽的背影。

它很快小下去，最后，成了一颗糖果，甜蜜地化了。

◆同步诗词

绸缪

选自《诗经·唐风》

绸缪束薪，三星在天。

今夕何夕，见此良人。

子兮子兮，如此良人何！

绸缪束刍，三星在隅。

今夕何夕，见此邂逅。

子兮子兮，如此邂逅何！

绸缪束楚，三星在户。

今夕何夕，见此粲者。

子兮子兮，如此粲者何！

◆同步生字

chóu	móu	yú
绸	缪	隅

◆同步词语

ēn cì	jǐng xǐng	bīn fēn	xiè hòu
恩赐	警醒	缤纷	邂逅

◆文字游戏

1. 仿写句子

（1）我看到夕阳的卵，密匝匝地砸下来，像下着一场密集的橘红色的雨，雨点儿一路砸向湖里去，湖水瞬间被染得通红。

_____

_____

（2）遇见夕阳，像一只吹足了气的大红气球。我待在湖边，从芦苇<u>丛</u>中看它，我以为它会飘落下来。

2．短文练习

假如冬天的夕阳真的是一个贪玩的孩子，他忘了回家的约定，你会对他说什么？

◆涂涂画画

画一对翅膀送给冬天的夕阳吧，或画一架飞船送给他，画一对
滑轮送他也行，好使他回家时，不那么慌张。

5 冬天的夜晚

　　冬天的天空实在干净，尤其是夜晚的天空。弯弯的一枚月，如眉。我知道这比喻很俗，然却是最贴切的。天空原也是有眉毛有眼睛的，月是眉毛，在它旁边伴着的那颗小星星，就是亮闪闪的眼睛了。它们俯瞰着大地上的一切，笑眯眯的，不着一言。

　　我走过一座桥，举目望去，惊住了。天空不着一物，只有一颗星，伴着一弯月。我在那里看了很久，觉得满天空都灌满笑声，清澈的，清脆的。身边有人走过，有车经过。我很想叫住那些人，看啊，看看天呀。

月亮很好。我是说这几天的月亮。凌晨的时候，我倦了，我会站在窗口看月亮。月亮有时是淡淡的一圈黄，有时竟皎洁得发蓝。我便在心里说，黄月亮。蓝月亮。真想唤醒一些人，看哪，看哪，看看天上的月亮。

尘世的好，被我们忽略掉太多太多了。

乡村的夜，是分外宁静的，尤其是冬夜。狗也不吠，鸡也不鸣，月光降临的声音，便显得特别清晰。滴滴答答，如雨落檐沟。

月亮自然是大而圆的，悬在天上。天与地，都是阔大无边的。村庄沐浴在一片月光中，破旧的木门，低矮的山墙，枯萎的藤蔓，草垛子，人家晒场边上搁着的绿碾，高高的槐树上，花喜鹊们搭的潦草的窝……这白天熟悉着的一切，此刻，都被抹上了一层奶油，散发出甜美的气息，美得叫人诧异。

去阳台拉窗帘，看到一个面孔光洁的月亮，荡在空无一物的天上，像在荡秋千。

我吓一跳。

我常常被不期而至的美，吓着了。

真叫人发呆啊！

想想，是了，今日十六的。十五的月亮十六圆啊。

世人都赞赏中秋之月，以为那是好中之好，能够得见一面，觉得幸运幸福得不得了。岂不知，这寻常之夜之月，也不逊色分毫啊。

我不做那逐流中的一个。

在有月的夜晚，我坚定不移地先饱赏了再说，真真觉得自己捡了大便宜。

　　我用很多的词来形容它。丰腴。肥硕。美人皎兮。少年纯兮。

　　不好意思，"少年纯兮"是我瞎捏的。我觉得唯有这样比喻，才对得住它。这样的月亮，恰如希腊神话中的美少年，饱满，丰润，鲜嫩，又纯真如初，是年轻的花朵。

　　我跑下楼，在空地上仰望了一会儿月。又在一棵蜡梅树旁，望了一会儿月。我看它在蜡梅身上，雕镂出许多银色的花朵。

　　小区好静，只剩下我和月亮。

　　我邀请它去我家做客。上楼后，我没把窗户关严实，也没把窗帘拉严实。没准儿，它夜里会偷偷溜进我的屋子里的。

晚上出门的好处是，温柔。一切温柔得能掐出水来。

即便是这么凛冽的天。是的，风很有点凛冽了。即便这样，一切看上去，也还是温柔的。夜色弥漫着，不是那种漆黑的，而是朦胧的，被水晕染开来的。道路、房屋、灯光、行人，也都罩上了朦胧色，一副有情有义的样子。仰头，可以见到天空，云被风吹到一边去了，像只巨鳄张着大嘴巴，然给人的感觉又不是凶猛的，倒像是在打呵欠。它困了呢，要睡了。另一边的天空，铺着厚厚的蓝，是一种尼加拉蓝。

也是今日得知，有一种蓝，叫"尼加拉蓝"。电视里，几个模特穿着一身尼加拉蓝的衣裙，款款走在舞台上，像一湖的水在荡。我查了一下这名字的由来，原来因它像极尼加拉大瀑布，故以此相称。当时并未觉得这叫法有多贴切，这会儿看夜晚的天空，倒是再形象不过了，那冷静的厚厚的蓝，岂不如瀑布一般？

月亮从"瀑布"里，探出了半张脸，橙黄的。还有另半张脸，是慢慢儿浮出来的，似乎在用瀑布擦拭。等它的一张脸，完完全全还原了，那脸蛋就光洁得能当镜子照了。我在这面镜子的照耀下，一路走着，一路想着什么，想着想着笑起来，也不知笑什么。

天还未黑尽的时候，我回家，上楼，在窗口，偶一向外瞥望，我望见一个红月亮。真的是红月亮，挂在人家的屋上方。

我站着看半天，看它慢慢往上爬，越爬越高，红色渐渐淡去，直到无痕。一轮明月，就挂在中庭了。

天上的星星，都聚齐了吧？夜露很重，天气严寒，树木，大地，房屋，被月色冻着了，像雕塑。

街道静了，一些店铺还有灯光，然声音早已敛了。偶有车驶过，也是寂静的。路边树上零星的叶子，被风拨弄的声音，很响，欻欻欻的，有挣扎的意思，似在说，不要啊，不要啊！

月亮真透亮清澈，像半朵花。像什么花呢？我想了想，它像婺源的山上开的油茶花。用它做个发簪应不错。天上再无一物。

我就这样一路走，一路仰头望，看它跟着我走。它仿佛是我的，我又是这个世界的。很奇妙。

进我的小区，所有的窗口，都闭了灯光，只有油茶花一般的月亮，挂在楼顶上。夜实在是深了。

天黑得早，五点刚过，天就暗了。街上路灯开始辉煌。奔波的人，却仍在奔波。桥头天天有叫卖水果的，一到天黑就降价。今天卖的是大蜜橘，一卡车的蜜橘。远远望过去，那片橘红，在路灯下，鲜艳得很。大喇叭里在叫卖："黄岩蜜橘，八角钱一斤，不甜不要钱。"风中站着卖橘的男人女人，或许是夫妇。

我跑去买。卡车上的橘，实在个儿大得让人不忍释手。里面饱满的肉质，不用吃，嗅嗅也知道了。拣了几个，沉甸甸的感觉。男人给我称秤，女人给我找零钱。女人的手碰到我的手，凉，糙，我不由得多看了她两眼，一张饱经风霜的脸。

赚钱不容易。真的，赚钱不容易。

◆同步诗词

冬夜即事

（唐）吕温

百忧攒心起复卧，夜长耿耿不可过。

风吹雪片似花落，月照冰文如镜破。

◆同步生字

kàn	yán	zhóu	yú	lòu	chuā
瞰	檐	碡	腴	镂	欻

◆同步词语

tiē qiè	fǔ kàn	téng wàn
贴切	俯瞰	藤蔓

xùn sè	féi shuò	lǐn liè
逊色	肥硕	凛冽

◆文字游戏

1. 仿写句子

（1）天空不着一物，只有一颗星，伴着一弯月。我在那里看了很久，觉得满天空都灌满笑声，清澈的，清脆的。

（2）去阳台拉窗帘，看到一个面孔光洁的月亮，荡在空无一物的天上，像在荡秋千。

（3）仰头，可以见到天空，云被风吹到一边去了，像只巨鳄张着大嘴巴，然给人的感觉又不是凶猛的，倒像是在打呵欠。

（4）月亮真透亮清澈，像半朵花。像什么花呢？我想了想，它像婺源的山上开的油茶花。

_____

_____

2. 短文练习

我们可以用哪些词语来形容冬天的夜晚呢？漫漫长夜？对。静谧安详？对。寂静冷清？对。温馨迷人？也对。有一屋子的灯光守着，有热热的茶冒着香气，有童话故事伴着，岂不是温馨迷人的？

冬天的夜晚，如果有月亮的话，那月亮会显得特别特别亮，就跟镶满了钻石似的。这个时候，我们不妨邀请月亮进屋来坐坐呢。

你在冬夜里，有过怎样的故事？

_____

_____

_____

_____

◆涂涂画画

冬天的夜晚，谁在窗外叩门，想入屋来暖暖？是风吗？是月亮吗？还是雪人？画下它们。

⑥ 冬天的风

　　我和几个孩子走在冬天的天空下，风迎面扑过来，直往人的衣领里钻，想钻进人的肌肤里去，冰凉刺骨。

　　我站定，对孩子们说："这风里像有无数根针，无数根刺。"

　　孩子们听了，哗哗地笑，他们调皮地伸手探一探风，假装怕疼似的一缩手，说："啊，老师，风还咬人呢，风长了嘴。"

　　又一孩子说："啊，老师，风还打人呢，像落下冰雹来了。"

　　又一孩子说："啊，老师，风像鞭子，它在抽我呢。唔，好疼。"

　　当即愣住，吃一惊，孩子天生地都是诗人。

　　可不是，这冬天的风里，真像长了无数张嘴，咬得人生疼。又像落下无数的冰雹来，拍打到人的身上，硬邦邦地疼。又像是挥舞着长鞭子，"唰唰"地呼啸而下，有着横扫一切的霸道和蛮横。

冬天的风，绝对是个脾气暴躁的家伙，又凛冽，又尖厉，它总是窝着一肚子的火，一路走，一路暴跳如雷着，呼哧，呼哧，好像全世界都得罪了它似的，看谁都不顺眼。

没有人喜欢它。

天一黑，我们就早早地关门闭户，把它关在门外头。它狂躁地拍打着门窗，怒吼着说："放我进来，放我进来！"我们在心里面回它："偏不，偏不！"

它压扁身子，从门缝里挤进一丝来，吹得我们的煤油灯的灯芯摇摆不定。这个时候，有趣的景象出现了，一豆灯火的影子，像一只闪亮的虫子，在土墙上奔跑。我妈的身影投在上面，一会儿被拉长，一会儿被缩短，有时还很好笑地跳起了舞。我妈在纳鞋底，我们一家九口人的鞋，都是我妈给做的。

墙上的影子，不停变幻着，像在放映着皮影戏，我们饶有兴趣观看着，天马行空地想象着。我爸有时会陪我们玩游戏，他双手重

叠，手指与手指任意摆弄，墙上便出现了各种各样的动物形状，如小猫追着小鸡跑啦，小狗仰着头汪汪叫啦，小白兔抱着萝卜啃啦，生动极了。我们跟着玩，只玩一会儿，手就冻僵了，得塞进被窝里焐很久，才回转过来。

风继续在门外怒号着，似乎要把我们的房子掀起来。我们根本不在乎它的坏脾气，也不害怕它会破门而入，有爸有妈在，我们怕什么呢？我们在狂风呼啸中甜甜地睡过去，第二天早起，开门一看，风已停了，天地间一片洁净。门口桃树上的叶子，一片不剩，全被风吹走了。

◆同步诗词

冬狩（节选）

（唐）李世民

烈烈寒风起，惨惨飞云浮。

霜浓凝广隰，冰厚结清流。

◆同步生字

jiāng	shòu	níng	xí
僵	狩	凝	隰

◆同步词语

bà	dào	mán	hèng	jiān	lì	bào	zào
霸	道	蛮	横	尖	厉	暴	躁

◆ **文字游戏**

1．仿写句子

这冬天的风里，真像长了无数张嘴，咬得人生疼。又像落下无数的冰雹来，拍打到人的身上，硬邦邦地疼。又像是挥舞着长鞭子，"唰唰"地呼啸而下，有着横扫一切的霸道和蛮横。

_____

_____

_____

_____

2．短文练习

我们都不喜欢冬天的风，因为它严寒刺骨，冷酷无情。然而，它再严寒再冷酷，也抵不过我们这个人世间的温暖哦。比方说，一家人围坐在一起，灯火可亲。比方说，给陌生人送上一碗热茶。比方说，给贫穷地区的人寄去一件棉衣。

你对冬天的风有什么样的感受？你在冬天的风里，遇见过什么温暖的事吗？把它写下来。

◆涂涂画画

先玩一个游戏：在冬夜，拉灭电灯，点上一支烛火。在烛光里，把你的双手摆放到一起，不停变换手指造型，墙上的投影，也会跟着千变万化呢，它可能变成一只小狗，可能变成一只小猫，可能变成一朵花，可能变成一棵树……

画下烛光里的剪影。

⑦ 冬天的雨

天气黏糊糊的，雨雾缠绕。站阳台望天，天像掉进丛林里的孩子，周围烟雾迷蒙。天也迷路了。

冬天，总要有好几场这样的反复，然后才能变得干净明朗。

下雨了，是长了毛的细雨。冷，寒冷。很冬天的样子了。

雨继续，听说明天还要下一天的雨。在街上，我听到身后两人在交谈，一个叹："这雨啊。"另一个接着道："天肯定也下烦了。"觉得后一个人说的话蛮逗，天也会烦的，烦了就出太阳吧。

风雨里走，最怜那些梧桐叶，黄的落下来，树上的那一些正在黄，且日渐稀落，枝条毕现。像失了营养的孩子，一眼瞅得见它细细的骨骼。

连续的雨天，叶子在风雨中打着旋，不堪重力般的，一头栽到地面上。行人都瑟缩在雨披里，嘴里嚷着，好冷。是冷，一路下班归来，手脚冰凉。眼看着天黑了，雨却仍没有停下的意思。

厚棉被捧出来了。取暖器搬出来了。插上电，不一会儿，芯片就红红的了。一居室开始被熏得暖暖的。风在窗外，雨在窗外，夜在窗外。急雨敲屋、敲窗，它们进不来，我有安心的感觉。

想起一首诗里写的："绿蚁新醅酒，红泥小火炉。"真是诱人得很。新酿的米酒，在小火炉上温着。这也罢了，偏偏一绿一红，这样的色彩，诱惑着我的想象。一定是新米酿的酒吧？上面泛着绿莹莹的光。小火炉是红泥抹上，抑或是炭火烧红的，反正是泛着温暖的红色。被冻僵的四肢，在瞬间活泛起来。这样一个雨夜，我渴望也有这样一炉火燃着，有这样的酒温着，虽然我不会喝酒，大概也难以抗拒这样的温暖，会饮上一杯。醉了又何妨？风声雨声在屋外，我可以守着一屋的暖。还求什么呢？

雨仍在下着，一个夜，静了。老家的屋檐下，少了等雨的盆吧？那时，老家还都是茅草房，再急的雨，打在茅草上，也变得温柔，是沙沙沙的。仿佛有无数只手，抚在人的心上。祖母总喜欢放只盆在屋檐下等雨，那些浸过茅草的雨，顺着屋檐落到盆里，褐色的红。祖母说那是天水。"甜呀。"祖母说。让它沉淀了，烧茶喝，或是煮粥吃。

　　我有没有吃过"天水"烧的茶或煮的粥呢？我不记得了。想来总是有的。小时候的需求简单，有茶喝有粥吃就好了。祖母会让我们吃出花样来，比如用这"天水"烧茶煮粥，还是原来的锅碗，里面盛的东西，却变得美好起来香起来。

◆ 同步诗词

问刘十九

（唐）白居易

绿蚁新醅酒，红泥小火炉。

晚来天欲雪，能饮一杯无？

◆ 同步生字

nián	chǒu	xūn	pēi	fáng
黏	瞅	熏	醅	妨

◆同步词语

gú gé　　shùn jiān　　chén diàn
骨 骼　　瞬 间　　沉 淀

◆文字游戏

1. 仿写句子

（1）站阳台望天，天像掉进丛林里的孩子，周围烟雾迷蒙。

_____

_____

（2）那时，老家还都是茅草房，再急的雨，打在茅草上，也变得温柔，是沙沙沙的。仿佛有无数只手，抚在人的心上。

_____

_____

_____

2. 短文练习

冬天若下着雨，寒冷会加倍的。所幸的是，我们都有一个温暖的屋檐，供我们躲避。当雨在窗外敲着时，你会想到还在雨中奔波的那些人吗？生活不易，我们的拥有，多么值得珍惜。

这世上，因为有了风雨，才知道阳光是多么珍贵。梅子老师以为，对宝贝们来说，每经历一次风雨，就经历了一次成长。面对冬天的雨，你有哪些感想呢？写下来。

◆涂涂画画

画些暖和的围巾、帽子和手套，送给那些处在寒冷中的人吧，让他们的世界，因你而温暖起来美好起来。

8 冬天的雪和冰凌

  我喜欢雪，那是不必说的。谁不喜欢雪呢？没有雪的冬天，是囫囵着的冬天，是不算数的。人的期盼和惊喜里，雪是独占着一份的。当它从天庭飘飘洒洒而来，每个人的心里，都会燃起一首情诗，那是献给雪的。雪是大众情人。

  "画堂晨起，来报雪花坠"——词人一开首就这么写，我喜欢。不用任何的词语装饰形容，只报声"雪花来也"，就在人的跟前摊开了一幅美不胜收的雪景图。

  "开门枝鸟散，一絮堕纷纷"——不知那开门之人，陡见雪花如絮飞坠，天地一片雪白，该何等意外惊喜！

　　"落尽琼花天不惜，封他梅蕊玉无香"——诗人端坐一隅赏雪，心里既欢喜又惆怅，真害怕那天庭之花都落尽了。天不惜，他惜。

　　很意外的，来了一场雪。

　　于是我什么也不做，出门去看雪。有人在屋门前扫雪，旁有人搭话："谁知道竟下了这么大的雪呢！"那边答道："是啊，谁知道呢！"语气里，雪在开着花。

　　我踩着厚厚的积雪，不定往哪里去。有雪的大地，无一处不入景，房屋上，树上，路上，地里……白，耀眼的白。白得一心一意。白得心无旁骛。白得惊涛骇浪。这世上，有什么比雪更白的呢？——没有了。雪白，也只它独有。

　　一场好雪。

　　在我睡着的时候，它已把世界重新装扮了一遍。

　　谁也不能有雪那样的大手笔，一夕之间，能让一个世界彻底变了模样。

最惹看的，该是那些树木了。无论怎样的经脉毕现，干瘪清瘦，此刻，都变得丰盈。雪的花朵，肥硕地开在上面。

我一大清早，争分夺秒去看雪，一刻也不耽误。因为我知道，这个时候的雪，性情最是柔软，只要太阳稍稍照上一照，它就立即跟着太阳跑了。

梅是不用寻的，小区里有，路边有。现时已盛开了不少了，被雪的白包裹着，露出点点的红来。白与红，是绝配。

看松上的雪，竹上的雪，路边椅子上的雪，它们各有各的风情。在松上的，坚毅；在竹上的，袅娜；在椅子上的，憨厚。我还跑去一条小河边，看雪映苇花。那驮着雪的苇花，像极了一只一只的花喜鹊。

雪聚在一株株木芙蓉身上，像吐出了无数朵白棉花。我真想摘下它们来，拍拍掸掸，好绗成棉被盖。

想让太阳慢一点出来，可它不解我意，还是很快地升上来。它的吻印，落满雪的身上，我眼见那些雪，一点一点，消失殆尽。一切，又恢复成本来的样子，仿佛雪就从来没有来过。

也没有惆怅，也没有遗憾，我及时赶到，见证了它的美。世上许多人事的错失，原不在人事无情，而在于你的迟钝和懒惰。

盼了好久的雪，终于来了。想雪跋涉了多少的山，多少的水，才到达我这里。

雪轻飘飘的，软绵无力。因着这般，才更惹人怜的吧。柔弱的事物，永远比强势的事物更讨人喜欢。柔弱，是最不具有攻击性的，然又能克刚。

何况，它还那么洁白。它独占着那一份白，雪白的白。天地万物，都臣服在它的脚下，无一不显露出纯洁、友好的一面来。即便是衰败和腐朽，它也有本事把它们装扮得，如诗如画。

没有一个季节，像冬天这么表里如一。它只钟情于一种颜色，雪白。我们说冬天，必说是雪白的冬天。

童话故事，都应该发生在冬天才是。公主和王子的城堡，应该是用雪堆出来的。

雪一片一片落下时，是冷的、无声的、凋落的。可是，当它们被一双小手，轻轻拢在一起相互取暖时，它们就有了生命了。我看见雪人，端坐在一棵栾树下，想着自己的心思。有孩子摘下他的帽子，给它戴上。它看上去，更像一个怀揣着无数心思的人了。

我很想给这个雪人写一封信。

我也很想给那个摘下帽子的孩子写一封信。

在这个世上，拥有一颗纯洁的心，多么珍贵。

意外看见冰凌。

冰凌挂在我的晾衣架上。那里，前日曾有数粒雪聚在上面，窃窃私语。

这冰凌，岂不是雪的骨头？

我为这晶莹剔透的"骨头"，大呼小叫起来。这不是大惊小怪，实在是现在能见到冰凌的机会，太少太少了。

小时，我们唤它"冻冻丁"，像唤一个调皮的小伙伴。一夜雨雪，第二天，茅屋檐下，准垂挂着一排这样的"冻冻丁"，长长短短。如琴弦，敲之，有叮当之音。简陋的房子，又如挂上了水晶帘子，太阳一照，亮晶晶闪银光，弄得我们的茅草房，像童话里的宫殿了。

◆ 同步诗词

夜雪

（唐）白居易

已讶衾枕冷，复见窗户明。

夜深知雪重，时闻折竹声。

卜算子

（宋）张孝祥

雪月最相宜，梅雪都清绝。去岁江南见雪时，月底梅花发。

今岁早梅开，依旧年时月。冷艳孤光照眼明，只欠些儿雪。

◆同步生字

xù	qióng	háng	qīn
絮	琼	绗	衾

◆同步词语

chóu	chàng		xīn	wú	páng	wù		gān	biě
惆	怅		心	无	旁	骛		干	瘪

niǎo	nuó		hān	hòu
袅	娜		憨	厚

◆文字游戏

1. 仿写句子

（1）雪聚在一株株木芙蓉身上，像吐出了无数朵白棉花。我真想摘下它们来，拍拍掸掸，好绗成棉被盖。

_____

_____

（2）那驮着雪的苇花，像极了一只一只的花喜鹊。

_____

_____

（3）我看见雪人，端坐在一棵栾树下，想着自己的心思。

_____

_____

2．短文练习

正如梅子老师在文字里所写的：没有雪的冬天，是囫囵的冬天，是不算数的。在冬天，我们期盼一场雪，像期盼一个久别的老朋友。

雪是冬天最可爱的客人。

你喜欢雪吗？那么，给雪写一封信吧，告诉它你的喜欢。

_____

_____

_____

_____

◆**涂涂画画**

小灰熊准备给自己砌一幢漂亮的雪屋，送给自己住。

你帮它设计一下雪屋的样子吧。

9 冬天的植物

芦 苇

遇到一丛很有意思的芦苇。

它的身下，是一条浅沟，旁有田畴相伴，又有河流环绕，有人家住在河流的一侧。隔着一段距离看过去，那些褐色的苇花，颇似一只只小麻雀，在蓝天下扑腾着，越看越像。到晚上，它们是不是要借宿到人家的檐下去？

说到小麻雀，眼前真的飞过一群来，像是去赶集，叽叽喳喳，匆匆忙忙。有鸟站在高高的泡桐树上唱歌，好听得直往人心里钻。我站着静静听了会儿，听得笑起来。鸟们总是一副兴高采烈的样子。用什么词来形容它们的歌声才算准确呢？甜脆？清灵？纯净？

清脆？明亮？怎么形容都不为过。那声音里，已含着一个春。

芦苇的花，最不像花，像是用轻软的丝絮絮出来的。

出城，逢到有河的地方，有沟的地方，就能看到它。不是一棵一棵单独生长，要长，就是一片，一群。挤挤挨挨，勾肩搭背，亲亲密密。它是最讲团结精神的。这一点，比人强。人有时喜欢离群索居，喜欢特立独行。所以，人容易孤独，而芦苇不。

风吹，满天地的苇花，齐齐地，朝着一个方向致意。它让我想

起"蒹葭苍苍，白露为霜"那样的诗句来，那是极具苍茫寥廓、极具凄冷迷离的景象。可是，我眼前的苇花不，一点也不，我看到的，是一团一团的温暖。冬阳下，它像极慈眉善目的老妇人的脸，人世迢迢，历尽沧桑，终归平淡与平静。

我一步一步下到河沿，攀了两枝最茂盛的苇花。一旁的农人经过，看我一眼，笑笑。走不远，复又回过头来看我一眼，笑笑。他一定好笑我的行为，采这个做什么呢！

水 仙

水仙又开了一朵。昨晚九点，我在灯下看书，我似乎听到哪里有轻微的响动，"啪"一下。我抬头，与水仙打了个照面。我吃惊地发现，又一朵水仙开了。是初放，那种羞涩的、充满探究的、尚有保留的、警惕的。它对这个世界，还不完全信任，它要试探，像一个初生的小动物，蹒跚着步子，每一寸里，都是小心。

这个清晨再看，它已完完全全放开手脚了，世界接纳了它，它也接纳了这个世界。它张开六瓣的笑脸，把一颗黄黄的心，彻底捧出来给你看。它的心，本身就是一朵精致的花啊。我对着它看了又看，它让我坚信一个道理：心中装着美好，你的样子，才会美好。

给它读写它的诗："凌波仙子生尘袜，水上轻盈步微月。"它似乎并不喜。那我换一首："凡心洗尽留香影，娇小冰肌玉一梭。"读到这里，我读不下去了，我代它"嗤嗤"笑了，人真是酸腐得可以，什么"仙"啊"冰肌"的，我就是花一朵，水里长得，土里也长得，俗着呢！

我桌旁的水仙，现在开得真叫一个淋漓，每瓣儿都开得恨不得掉下来。都说水仙是静的，在我看来，才不。我分明看到它们，像一群调皮的孩子，挤眉弄眼地冲我笑。我一抬头，看到它们的欢颜，我一低头，它们的花香，绕着我敲落的字走。

银杏、杉树或其他

在冬天，我常常不由自主地会为一棵树停下脚步，一棵掉光叶的树。

那棵树，或许是棵银杏。或许是棵刺槐。或许是棵苦楝树。或许是棵桑。它们一律地面容安详，简洁清爽，不卑不亢，不瞒不

藏，袒露出它们的所有。没有了蓊郁，没有了喧哗，没有了繁花灼灼、果实丰登。可是，却端然庄严得叫你生了敬畏和敬重。

偶尔的鸟雀，会停歇在它裸露的枝条上，把那当作椅子、凳子，坐上面梳理毛发，晒晒太阳。它也总是慈祥地接纳。

路上几无行人，树木大抵都掉光叶了，尤其是银杏和白杨。

夜色迷蒙。路灯在涩冷的空气中，抖着，摇摇欲睡。树木们喑哑着，举着光秃秃的树枝。那人说，它们张牙舞爪的。我说，不，它们是行为艺术家。我想起诗里说的，当华美的叶片落尽，生命的脉络才历历可见。

它们，该是冬天里的诗人。

楼后杉树上的叶，掉光了。只剩光秃秃的枝丫，静默在季节深深处。

几只丝瓜，高高悬挂在树枝上，曾经的碧绿，已被风干。它们并不介意，一日一日，兀自悬挂着。它们多半是骄傲的吧，总是这样登高望远着。天空水蓝。

　　鸟叫声少多了，不见了野鹦鹉和画眉。它们曾蹲在楼前的树上，一唱一和地叫，叫出一派的明媚来。不知现在它们躲什么地方去了。但愿这个冬天，它们也有钻石的阳光可晒，也有水蓝的天可望。

　　花喜鹊显得有些孤单。我见到一只花喜鹊，站在一棵树上发呆。像参悟了一切，又像什么也没看透。或许花喜鹊什么也没去想，它只是享受着这刻的安宁。钻石的阳光，在它身上发光。有时的发呆，也是幸福。

　　晚上去体育场走了几圈。因天寒，操场上人不多，天地就变得阔大起来。操场边的杨树，叶子业已掉光，那些光秃着的枝丫，在黑夜里看过去，很是干净清爽，坦坦荡荡。一棵树有了坦荡，就如同一个人有了坦荡一样，无端叫人生着敬意。

　　天空亦是干净的，坦坦荡荡的。星星只有一颗，亮得很，像谁遗落的一颗红宝石。或者可以这么说，它就是天空的小心脏。

枫 树

看到一棵枫树。

从前，我无数次走过它身边，根本没留意那是一棵枫树。因为它总是枝叶葱茏得像松、像柏、像银杏。我以为寻常。

今日，它却以满树火红夹杂着紫红的颜色，来震醒我的眼睛。那真是一树的奔放，片片叶子都在燃烧，酣畅淋漓。

我领着一群孩子，在树下捡叶子。孩子们天真的声音，不时在我耳边响起："老师，我这片漂亮！""老师，这儿还有一片更漂亮的！"

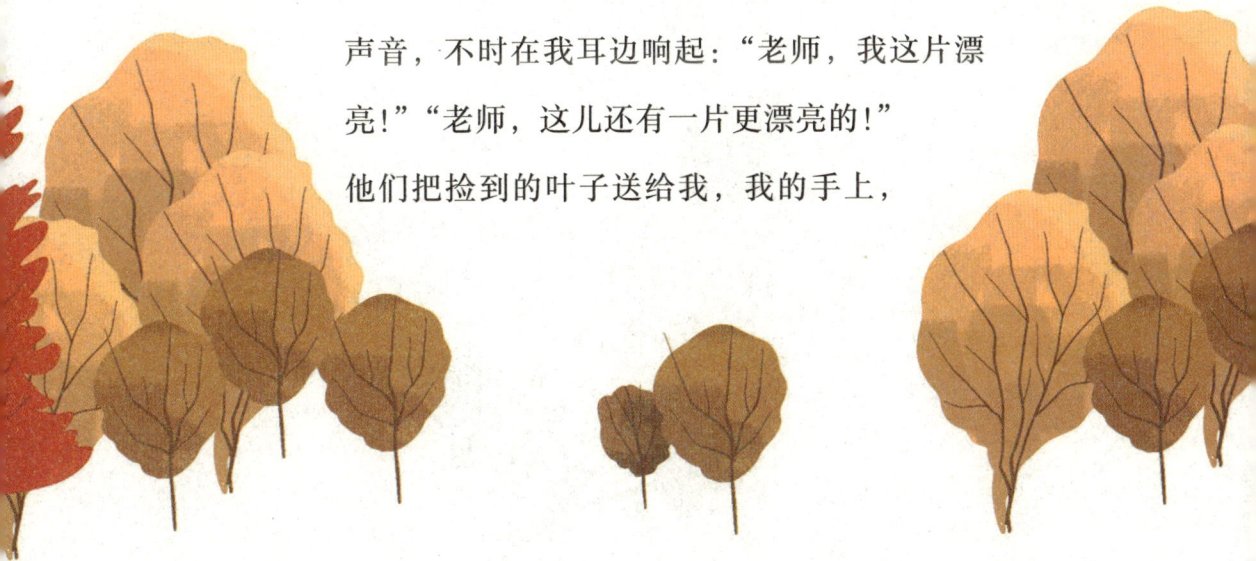

他们把捡到的叶子送给我，我的手上，

举了很多的火红。我站定在那里，看着一树的叶，看着树下的孩子们，不知为何，我的眼睛会湿润。

琼花

我惦念生态园里那一片琼花。我想看看冬天它们的叶子。

一路都是好风光。我的小城之好，在于它四季明朗，然又不过分泾渭分明。冬天里不是满目皆萧条，总有些花在开着，杜鹃、月季，还有些小野菊。有些草也还绿着，却又有茅花，顶着一头的

白，站在一条河边，静默不语。鸟雀们在树木深处喧哗得厉害，它们不用背井离乡南迁，在这里，可以安然越冬。

我如愿见到琼花。叶子有变红的，有变黄的，有青色的，斑斓得像油画。我把它们捉进我的镜头，每一幅都能直接裱了，挂墙上当装饰画。

遇到一树燃得沸沸的枫叶。一对老夫妇绕着它转。老先生举着相机，让老妇人站过去，跟枫树合个影。老妇人见我在看她，有些不好意思，说："不拍了吧不拍了吧。"我笑笑，走开去。回头，看到老妇人正偎着那一枝儿红叶，笑得满脸生辉。

蜡　梅

冬日清寒，气温一降再降，万物早已凋落成荒凉，却独有一种植物，精神抖擞，活泼活跃起来，清冷的大地，因了它，有了温度和欣喜。对，它就是蜡梅。天气越寒冷，它越发地活泼活跃，掉光叶的枝条上，爬满了密密的小"疙瘩"。小区里长有几棵，下班路过，那人看一眼，突然惊喜地说："啊，蜡梅打花苞苞了！"我只管抿嘴乐，我当然知道，早几天前我就发现了，那会儿，那些花苞苞，还跟小米粒似的，粘在枝条上，与枝条浑然一体，谁也不曾留意。

接下来的日子，我只要一得空，就晃去那儿看蜡梅。看它瘦瘦的枝条上，那些奇迹般的小"疙瘩"，像调皮的小虫子，怀揣着一肚子的小秘密，爬着、挤着、闹着、嚷着。我站在边上，等着它们中的谁，再也禁不住了，率先"扑哧"一声，把秘密说出来，蜜黄的颜色，也将跟着流淌出来。我知道，一个小"疙瘩"，就是一个美娇娘，里面有着蜜黄的甜，蜜黄的香。

趁着天黑，去邻家院子边，折一枝梅回来。这有偷的意思了——我是，实在架不住它的香。

它香得委实撩人。晚饭后散步，隔着老远，它的香就远远追过来，清清甜甜的。像撒娇的小女儿，甜腻腻地缠着你，让你架不住心软。我向东走，它追到东边。我向西走，它追到西边。我向南走，它追到南边。我向北走，它追到北边。黑天里看不见，但我知道它在那里，它就在那里，在邻家的院子里。一棵，只一棵。

　　白天，我在二楼。西窗口。我的目光稍稍向下倾斜，就可以看到它。邻家的院子，终日里铁栅栏圈着，有些冰冷。有了一树的梅，竟是不一样了。连同邻家那个不苟言笑的男人，他在梅树下进进出出，望上去，竟也有了几分亲切。一树细密的黄花朵，不疾不徐地开着，隔了距离看，像镶了一树的黄宝石。枝枝条条，四下里漫开去，它是想把它的欢颜与馨香，送到更远的地方去。一家有花百家香。花比人慷慨，从不吝啬它的香。

　　梅是大众情人，人见人爱，这在花里面少见。梅的本事，是一般的花学不来的。谁能在冰天雪地里，捧出一颗芬芳的心？谁能在

满目的衰败与枯黄之中，抖搂出鲜艳？只有梅了。它从冬到春，在季节最为苍白最为寂寥的时候，它含苞，它绽放。它是冬天里的安慰，它是春天里的温暖。

我折回的梅，被我插在书房的笔筒里。简陋的笔筒，因了一枝梅，变得活泼起来俏丽起来。南宋杜耒写梅："寒夜客来茶当酒，竹炉汤沸火初红。寻常一样窗前月，才有梅花便不同。"诗里不见一字对梅的赞美，却把梅的风骨全写尽了。梅有什么？梅有的，就是这样的与众不同啊！一地清月，满室幽香。那样一个寻常之夜，因窗前一树的梅，诗人的人生，活出了不寻常。

连续的大晴天。阳光如琼浆，只管成桶地往下倒。蜡梅们也都开得差不多了。一树一树，枝枝丫丫，分不清了。花乱开。

我却还是喜欢独个儿的。不要多，只一树好了。开在人家的小院子里，开在人家的窗前。或就开在某个偏僻幽径处。

有些花，不宜太多，太多就乱了，失了性子。如蜡梅，它宜独处，于一角幽幽吐芳。偶尔有雪来造访。也有人来踏雪寻梅。这也才有了寻的乐趣。

我去市民广场，看那里的蜡梅。

小池塘边栽有四五株。它的香，在夜里闻着好，但它的样子，还得是大晴天赏着最佳。

蜡梅的模样，细巧，俊俏，妆容精致。那种蜜蜡似的黄，也只蜡梅才有。天空是那样地蓝，蓝得云丝儿也没有一点点，衬得蜡梅的花朵，越发地晶莹起来。摘一朵，直接可以做成个项链坠子挂着。

蜡梅的枝干，也是出色的，笔墨散淡，骨骼奇秀，有君子之风。

我不急着回家。这个午后，我让自己慢下来，享用了一段蜡梅时光。

枇杷花

枇杷树开花，是叫我吃了一惊的。在那之前，我以为它不会开花，或者，不应该是在冬天开花的。

那是一所老宅子，我偶然造访。宅院幽深，木门木窗，都保存完好，天井一角，长着一棵枇杷树。花开了一树，小朵，粉黄的，密，一朵缀着一朵。我以为是蜡梅，脱口叫："呀，梅花呀！"院子的主人笑了，瞥一眼那棵树，纠正我："这不是梅花，这是枇杷开的花。"

我怔住，凝望着那些小朵的枇杷花，有一刻不能言语。我根本不知说什么好了。这是冬日，阳光轻浅，空气寒冷，几乎所有的花都在沉睡，它们不用担心将来，将来——春天一旦到了，它们将在早已搭建好的华丽舞台上，妖娆，万众瞩目。枇杷花呢？背景是苍凉冷清，除了路过的风，少有观众。

它不介意。开与不开，那是它的事。而你赏与不赏，是你的事，与它无关。它只走着它的路，开着它的花。

回家，我查阅资料，得知枇杷开花是从这年的十一月，直开到次年的二月，也就是说，一个冬天，它都在努力绽放，只为盛夏里奉献出金弹似的甜蜜的果。

蟹爪兰

一入冬，我的蟹爪兰们就准备着开花了。

它们紧锣密鼓地忙活起来，急急地，在那些低垂下来、类似于螃蟹脚爪的茎叶顶端，镶上一粒粒可爱的"小珠子"。我猜想，原

先它们一定把那些"小珠子"藏什么地方了，不然，何以那么短的时间里，它们就能全部镶嵌到位？简直是训练有素。

然后，你眼见着那些"小珠子"跟吹气泡般的，膨胀起来，膨胀起来，花骨朵渐渐成形。那些花骨朵实在好看，粉妆玉雕般的，有点类似于荷花含苞，只不过要小巧玲珑得多了。每一个花骨朵里，都端坐着一个娇俏粉嫩的小女儿，直直粉到你的心里去，你要加倍地疼着怜着才是。看着它们，总使人轻易就能高兴起来，感激起来，觉着，世间有这样的花在，诸事都可以原谅，万般都是好了。

花说开，也就开了。从里面横空出世的，果真是娇俏粉嫩的一个小女儿。只见她眉眼儿低垂着，粉衣粉裙微张着，像是刚换上去的，就要登台跳舞了，有些害羞，有些小紧张。

再一朵开了，也是这般的一派娇羞。再再一朵，仍是这般的一派娇羞。它们也不吵，也不闹，一个接着一个，排着队，安静地候着。不像有些花，一开起来就不要命，争先恐后忙忙乱乱，好像迟了一步，就赶不上了似的。烟花一般，"嘭"一下，燃了，灿烂了，然后，灰飞烟灭，来得快去得也快。蟹爪兰不同，它们似乎很懂"惜",惜己惜人惜光阴,表现得很有教养,叫人敬重。

生命唯其珍惜,也才有了厚度和质地吧。花慢慢开,我慢慢赏,我今天赏一朵,明天赏一朵,这么赏着,一个冬天,也就过去了。

君子兰

君子兰开了。

它五瓣合抱,嘴巴张开,像只造型独特的小喇叭,朝着天,轻轻吹着。里面粉粉的长长的花蕊,跟柔软的小虫子似的,昂着头,

就要爬出来了。

这个冬天，我没少在它身上消磨时光。从它抽茎起，到茎上扛起不起眼的绿色的花骨朵，我一步也没落下过。我眼见着那一茎之上，十粒花骨朵，一粒一粒冒出来，一日一日长大，一日一日饱满，又一日一日地上了色。先是浅粉，后是淡黄，后是深黄，再然后变成橘黄，最后成了橘红。

一朵先开，接着一朵，再接着一朵，按长幼顺序，不疾不徐的。

我打量着它，有说不出的欢喜。它举着橘红的花朵，像举着小火炬。那是它生命中的小火炬。它创造了属于它的小奇迹。

我们每个人也有自己的小火炬的吧。只要肯一步一步努力，梦想终会开花的。

风信子

风信子的花，远看着，有点像做成火炬模样的冰淇淋。色泽极艳，颜色又丰富，鲜美欲滴，咬上一口，该是又香又醇，有奶香。

它的花朵——不能以"枝"论，也不能以"朵"论，以"簇"来称呼吧。它是一簇一簇聚在一起开的。有点类似于绣球花的开法。只不过绣球花是球状的，它是火炬状的。

我国古籍里无此花记载。它也是外来客，又称"洋水仙""时样锦"。希腊神话中，它是美少年雅辛托斯的化身。希腊神话迷人，神话里又多美少年。这跟我国的神话不同，我国的神话里，美少年不多，美人也少，英雄却泛滥成灾。我喜欢美少年。由此看待风信子，就又多了几分喜欢。

风信子好长，盆栽可，水培亦可。我是盆栽的，是去年开过花的球茎，埋在土里重新萌发的。

我有两盆。一盆开红花，一盆开紫花。开红花的，我数了数，一簇上有小花十二朵。开紫花的我也数了数，一簇上有小花十八朵。

◆同步诗词

梅花

（唐）崔道融

数萼初含雪，孤标画本难。

香中别有韵，清极不知寒。

横笛和愁听，斜枝倚病看。

朔风如解意，容易莫摧残。

寒夜

（宋）杜耒

寒夜客来茶当酒，竹炉汤沸火初红。

寻常一样窗前月，才有梅花便不同。

◆ 同步生字

chóu	jiā	pán	biǎo
畴	葭	蹒	裱

◆ 同步词语

tián	chóu		lí	qún	suǒ	jū		liáo	kuò
田	畴		离	群	索	居		寥	廓

pán	shān		suān	fǔ		cōng	lóng
蹒	跚		酸	腐		葱	茏

hān	chàng	lín	lí
酣	畅	淋	漓

◆ 文字游戏

1．仿写句子

（1）隔着一段距离看过去，那些褐色的苇花，颇似一只只小

101

麻雀，在蓝天下扑腾着。

（2）星星只有一颗，亮得很，像谁遗落的一颗红宝石。或者可以这么说，它就是天空的小心脏。

（3）一树细密的黄花朵，不疾不徐地开着，隔了距离看，像镶了一树的黄宝石。

（4）风信子的花，远看着，有点像做成火炬模样的冰淇淋。色泽极艳，颜色又丰富，鲜美欲滴，咬上一口，该是又香又醇，有奶香。

2. 短文练习

一到冬天, 梅子老师就在期盼, 啊, 又有蜡梅香可闻了。

蜡梅香, 是那种醉死人的甜香, 好似空气中都拌上了蜂蜜似的。

冬天因为有了蜡梅, 寒冷和寂静都减弱了不少呢, 显示出它妩媚温婉的一面。你知道蜡梅名称的由来吗? 你可曾细细打量过蜡梅? 你知道狗芽蜡梅、素心蜡梅和馨口蜡梅的区别吗?

在冬天, 还有个景象让梅子老师震撼, 那就是光秃秃的树上, 架着的大大的鸟窝。它像是一棵树张着的嘴, 在说一些温暖的故事给冬天听。

当然, 冬天还有些别的植物, 像芦苇呀茅花呀, 都各有各的柔软。在一个池塘遇见的枯荷, 那种随意勾勒出的线条之美, 也很是让人发怔呢。

写下这一些。或许是一阵蜡梅香。或许是一个大大的鸟窝。或许是白如雪的茅花。或许是一棵掉光叶的杉树。它们都带给你味觉、嗅觉或视觉上的惊诧，那正是生活的美之所在。

◆涂涂画画

画一枝蜡梅，插在你喜欢的瓶子里，把它送给你喜欢的人吧。

⑩ 冬天的趣事

闻 香

冬趣之一，当是闻香。

闻蜡梅的香。

宜在静夜。

这个时候，一切的芜杂，都被黑夜收了。黑夜像什么呢？像一匹光滑柔软的黑缎子，就那么无边无际地罩下来。蜡梅的香，如潮水般涌起，一浪叠过一浪。如果你仔细听，似乎还听到它的呼啸之声。这样的呼啸，并不让人恐慌，反倒是楚楚动人的。

我晚归，走过小区的两棵蜡梅旁，它们的香，莽莽撞撞奔过来，把我撞得愣了一愣。夜凉，越发衬出那香的醇厚，仿佛搅拌搅拌，就可以拿它蒸馒头和蒸发糕了。

偏偏又甜。甜得销魂蚀骨，柔肠百结。真叫人受不了！

静夜无尘。看过去，一切的坚硬，都被蜡梅的香，泡得酥软了骨头。

一只猫，蹲在草地的台阶上，盯着蜡梅树发呆。我看它很久，它也没动。我走过去，弯腰想跟它打个招呼。猫不提防，竟被我吓了一跳，跳起来，"喵"一声，迅速跑进暗里头去了。

唐人齐己有"风递幽香出，禽窥素艳来"之诗句流传。一样的静夜，一样的梅树，花开幽幽，他遇着的是一只窥素艳的鸟。千年之后，我遇着的是一只闻香的猫。

堆雪人

我的一生中，堆过不少的雪人，但唯独童年的那个冬天，在桃树下堆的那个雪人，一直让我忘不掉。

那个冬天也不特别，几场寒潮入境，跟往年一样，紧接着就下起了大雪，村庄田野霎时被雪刷得粉白。

　　我们兄妹几个照例在屋子里待不住，跑到雪地里去打雪仗堆雪人。我妈是极反对我们这么闹的，她烦的是我们弄湿了衣裤和鞋子。我们穿的都是老布棉鞋，那是我妈一针一线给纳出来的。我妈逮到我们就打，但雪的诱惑还是让我们忘记了疼，只要我妈一不留神，我们就又溜到雪地里去了。

　　那日，我们在雪地里疯玩，我妈看见，居然没有骂我们，她倚了门框，望着我们玩。我们越发胆大起来，我们在桃树下堆雪人，弄得衣裤鞋子里全是雪，她也没有说什么。我奶奶跟着出现了，她

们低声说着话。等我们的雪人堆得差不多了，我奶奶拣了两粒黑豆，又切了块胡萝卜头，帮我们给雪人加上眼睛和鼻子。

雪人就端端正正坐在桃树下了。我妈看了看，笑了，说："真像个人。"她取了条破的三角巾，让我们给雪人围在脖子上。这太令我们意外了，我们简直幸福得不知怎么办才好。姐姐又用红粉给雪人点上红唇，还在雪人的额头，点了一个红朵朵，像颗美人痣。我把我的毛线帽子借给雪人戴上。雪人更像一个人了，像一个俏皮的小美人。

那日夜里，我不停醒来，老疑心桃树下的雪人，在敲我家的门。

脚炉里的香

收了雨，气温跌落得厉害，西北风开始吹了。童年时有句歌谣响在耳旁："北风飘飘，馒头烧烧。"北风在窗外吹，一家子围着火炉烤馒头，是不是最美的生活？那时是这样想来着。

奶奶的脚炉，适时地搬出来，奶奶在脚炉里装上一些热热的炭灰，炭灰里的小火星明明灭灭。我们就赶紧去找蚕豆找玉米粒，在炭灰里埋下，一边取暖一边等。当听到"嘭"的一声炸响，一定是里面的蚕豆或玉米粒开了花。我们争相扒开炭灰，找到那炸熟的蚕豆和玉米粒，顾不得烫，忙忙扔进嘴里。唔，嘴里全是香哪。

取 鱼

年脚下，河里的鱼，开始往岸上取了。一河两岸围满观看的

人。鱼在河里扑腾，鱼在渔网里扑腾，鱼在岸上扑腾，翻着白身子。人们的眼光，追着鱼转，心里跳动着热腾腾的欢喜。多大的鲲子啊，往年没见过这么大的呢，人们惊奇着。——往年真没见过吗？未必。可人们就是愿意相信，今年的，就是比去年的好。

河岸上撒满被渔网带上来的冰碴碴，太阳照着，钻石一样发着光。孩子们不怕冷，抓了冰碴碴玩，衣服鞋子都是湿的。大人们这个时候最宽容了，顶多是呵斥两声，让回家换衣换鞋，却不打。腊月皇天的，不作兴打孩子的，这是乡下的规矩。孩子们逢了赦，越发地"无法无天"起来，偷了人家挂在屋檐下的年货——风干的鸡，去野地里用柴火烤了吃。被发现了，也还是得到宽容，过年么！过年就该让孩子们野野的。

掸　尘

掸尘是年前必做的大事。大人小孩齐动手，家里家外，屋前屋后，悉数被打扫得干干净净。甚至连墙旮旯儿的瓶瓶罐罐也不放过，都被擦洗得锃亮锃亮的。

多干净啊。旧年的尘埃，不带走一点点。新年是簇新簇新的，孩子们在洁净的门上贴春联：穿花洋布，吃大肥肉。这是望得见的幸福。猪啊羊啊跟着一起过年，猪圈羊圈上贴上横批：六畜兴旺。

写春联

我爸一到腊月脚下，就会变得格外吃香。村人们看见他，都一副巴结的模样。有烟的，忙着掏烟。没烟的，则一脸堆笑地拉他到屋里喝口浓茶。

我爸很受用。他一直是个好面子的人，受人尊重，那是无上荣光的事。他不客气地，这家的烟也抽了，那家的茶也喝了，然后，背着双手，轻声哼着《拔根芦柴花》的小调，踱着方步回家来。我们就知道，该忙乎开了。

忙什么呢？忙着收拾他的作场啊。堂屋里杂七杂八的东西，统统被我们塞到别处去了。地清扫干净了，一粒多余的尘也没有。桌子抹干净了，在堂屋中央摆开来。剪刀、小刀备齐。一年里也用不了几次的毛笔，被请了出来，清水泡着。搁在柜脚底下的墨汁瓶，被小心翼翼捧出来，上面落满蜘蛛灰。我们用抹布擦拭干净，拿瓶盖子或是破碗，倒了墨汁出来。

一切准备就绪。我爸方满意地走过来，在桌边站定，他深吸一

口气，运笔在手，拿废弃的牛皮纸，先试着写几个字。写完，他对着那几个字，左端详，右端详，微笑。我们在一边看着，觉得我爸很了不得，能文能写。现在想着，有些失笑，我爸也仅仅读了个初中，他也未曾练过书法，写的字也谈不上什么笔锋。可是，在当时不识字或识不了几个字的村人们眼里，他写的字，就是天下最好看的字。

◆**同步诗词**

早梅

（唐）齐己

万木冻欲折，孤根暖独回。

前村深雪里，昨夜一枝开。

风递幽香出，禽窥素艳来。

明年如应律，先发望春台。

◆ **同步生字**

duàn	zhì	chá	shè
缎	痣	碴	赦

◆ **同步词语**

dī	fang	xiǎo	xīn	yì	yì	duān	xiáng
提	防	小	心	翼	翼	端	详

◆ **文字游戏**

1．仿写句子

（1）黑夜像什么呢？像一匹光滑柔软的黑缎子，就那么无边无际地罩下来。

_____

_____

_____

（2）静夜无尘。看过去，一切的坚硬，都被蜡梅的香，泡得酥软了骨头。

_____

_____

（3）那日夜里，我不停醒来，老疑心桃树下的雪人，在敲我家的门。

_____

_____

2．短文练习

你喜欢冬天吗？

在冬天，你打过雪仗堆过雪人吗？或者，发生了一些别的快乐的事吗？把它们讲给大家听听吧。

_____

_____

_____

◆涂涂画画

冬天最让我们期盼的，除了下雪，还有，过年。腊月脚下，空气中满满的都是年味儿。

展开你的想象，画出那种年味儿。

11 冬天宜听的曲子

《踏雪寻梅》

很喜欢《踏雪寻梅》这首歌。

曲调一经打开，就像放出了千百只活泼的鸟，瞬间就把人的热情调动起来，走呀，走呀，我们一起去雪地里打滚去吧，去雪地里寻梅去吧。

这首歌让一群孩子来唱，才最动人，童稚的声音，晶莹得雪花儿似的，充满情趣：

雪霁天晴朗，蜡梅处处香，骑驴灞桥过，铃儿响叮当。好花采得瓶供养，伴我书声琴韵，共度好时光。

　　真是一幅绝妙的雪景图：大雪过后，天放晴了，积雪在阳光照耀下，灿烂如钻石。蜡梅的香，浮动在每一寸空气里。人在屋里哪里坐得住？他牵出圈里的驴儿来，出了家门，他要踏雪寻梅去。

　　梅在哪里？那荒郊野外的一株最为难得。这人骑着驴儿优哉游哉，遇桥过桥，遇坡爬坡，毛驴脖子上的铃铛兀自叮叮当当，响彻四野……

《雪人》

　　你曾拥有过你的雪人吗？它后来，又去了哪里？

　　它曾在冬天为你跳过舞，然而，春天一到，你就把它给忘了。

　　范晓萱唱的《雪人》，是这么地洁净、清灵和忧伤，如一枝青梅初开。

　　初见的场景，在忧伤幽怨的旋律里，清晰再现：

　　那个冬日，雪下得好大好大，纷纷扬扬。一个世界再无其他声响，只有雪在静静地落啊落啊，回声轻啄，似雏鸟轻啼。很快地，

119

一个世界变得银装素裹，宛若童话。

你听到雪地里有片雪在呼喊。它叫，我在这里，我在这里。你循声寻去，找到了那颗呼喊的心。你一点一点聚拢，给它骨架，给它血肉，它终于，眉清目秀地出现在你的跟前。哦，它原来是这么可爱的一个雪人！它是你的。

那日，你和它消磨掉大半天的时光，洁白又纯真。你对它说了好多的话，它都记得。一颗雪的心，差点被你的温度融化了。

然而，你的世界里缤纷太多，那日之后，你乐而忘返，你不记得它了。它不明所以，一整个冬天，都端坐在你的家门口，痴痴地等着你回来。

你没有回来。

它一次一次失望着，在寒冷里，在孤寂中。

"雪，一片一片一片一片，在天空静静缤纷"，这是最后的一场雪吗？眼看着春天就要来了，你再也没有出现。而它，最终一点一点消融，再不留痕迹。

有些爱，一旦错过，就不会重来。

《冬阳》

《冬阳》是林海的专辑《城南旧事》的主打曲。

随着乐曲铺开，仿佛哪里突然出现了一个口子，阳光风也似的灌进来，音符像无数尾小鱼，争相在碧波上跳跃。

城南。一角。那高高的城墙塌了吧？断壁残垣中，有枯草，迎着风轻摆。偶有一两只觅食的麻雀飞过。冬天的暖阳，缓缓升起。

不远处的小巷子里，人声喧喧。卖糖炒栗子的，卖麦芽糖的，卖糯米糕的，各种叫卖声喝喝。

六七岁的小女孩，就住在这条巷子里。她站在自家门口，望着小巷子里的热闹。冬天的阳光像毛毛雨似的，落在她的身上，她眼神清澈，无忧无虑。远远的驼铃声近了，是驮着煤的骆驼。家里的炊烟起了，快到午时了。她很想吃一把糖炒栗子的。

这是童年，当时只道寻常，多年后，当它成为追忆时，她才知道，曾经所有的阳光，都是岁月馈赠的珠宝。

整首曲子除了钢琴外，还辅以大提琴。钢琴部分灵动，大提琴部分厚重。两种琴声交相迭出，配合得天衣无缝。

◆ **同步诗词**

雪梅

（宋）卢梅坡

其一

梅雪争春未肯降，骚人搁笔费评章。

梅须逊雪三分白，雪却输梅一段香。

其二

有梅无雪不精神，有雪无诗俗了人。

日暮诗成天又雪，与梅并作十分春。

◆ **同步生字**

chú　　yuán
雏　　垣

◆同步词语

yōu zāi yóu zāi	qīng xī	jù lǒng
优 哉 游 哉	清 晰	聚 拢

xiāo mó	róng huà	tiān yī wú fèng
消 磨	融 化	天 衣 无 缝

◆文字游戏

1.仿写句子

（1）曲调一经打开，就像放出了千百只活泼的鸟。

_____

_____

（2）一个世界再无其他声响，只有雪在静静地落啊落啊，回声轻啄，似雏鸟轻啼。

_____

（3）随着乐曲铺开，仿佛哪里突然出现了一个口子，阳光风也似的灌进来，音符像无数尾小鱼，争相在碧波上跳跃。

2.短文练习

歌曲能抚慰人的灵魂。漫漫长冬，我们要靠一些好的曲子来取暖。

你在冬天喜欢听哪些曲子呢？介绍给大家吧。

◆涂涂画画

大雪天，雪人一家也出门来玩，有雪爸爸，雪妈妈，还有雪娃娃。你能给它们画张合影吗？试试看。

⑫ 唱给冬天听的歌

这个时候

世界就是一座宫殿

一座白色的宫殿

这挂满白色风铃的

这镶满水晶和钻石的

窗子闪闪发亮

屋顶闪闪发亮

月亮　一顶白色的桂冠

戴在它的头上

暗夜里四射光芒

谁在轻轻念着：冬

冬，我要为你温一壶好茶

今夜

梧桐树下的雪人

会不会扛着一树梅花前来

叩响我　白色的门扉

◆文字游戏

喜欢梅子老师唱给冬天听的歌吗？你也学着唱一首吧。

_____

_____

_____

_____

四季划分的小常识

在我国，四季划分有不同标准：

天文学上

以春分、夏至、秋分、冬至分别作为春、夏、秋、冬四季的开始。

春分：每年公历三月二十日或二十一日。

夏至：每年公历六月二十一日或二十二日。

秋分：每年公历九月二十一日或二十二日。

冬至：每年公历十二月二十一日、二十二日或二十三日。

民间习惯

以农历一、二、三月为春季；四、五、六月为夏季；七、八、九月为秋季；十、十一、十二月为冬季。

气候统计上

以公历三、四、五月为春季；六、七、八月为夏季；九、十、十一月为秋季；十二月和次年一、二月为冬季。这种四季分法与四季分明的温带地区较为符合。